# 劫 智

## 文革時期上海市民的故事及其他

徐步洵　著

2002 年 12 月

# 出版說明

文化革命（1966－1976）是中國人民的大災難，它也幾乎革掉了中國文化的命。中國人民在這長達十年的「革命」中，所受種種身心的折磨和傷痛，不是事後一句「十年浩劫」所能說明的。「正史」對此的記載，必然祇是政治上層的鬥爭，對其禍害億萬人民的認識，有賴「文革」結束後數年中出現的「傷痕文學」，而更能真實呈現一般善良小民之遭遇的，則是「小民」們對自身經歷的筆記。可惜這樣的筆記迄今仍不多見。

本書作者是一位女醫師，她的父親和丈夫都是所謂的「民族資本家」，興辦實業，與官僚政治毫無關聯。她自小接受現代教育，先後自上海著名的南洋女子中學

和同德醫學院畢業，也先後在公立醫院服務和自設診所。文化革命開始時，她已因喪夫而退休家居。在文革中，她在一波又一波的衝擊下，盡棄財物，默默地保護了兒女。1980 年，她移居美國加州，寫下了一些文革中的經歷和見聞。在她樸素寧靜的筆調下，讓人見到了「匹夫匹婦」面對邪惡時的善良和堅毅。

經歷了文革的災難，作者與她分別數十年的長子和三女在海外重聚。世事滄桑，她也寫下了對生活的感悟和對親情的珍惜。就是這樣的一位女士，記錄了讓我們對文革和對人性有多一點了解的材料，沒有虛構，沒有渲染，篇幅不多，但是彌足珍貴。

# 劫　智
## ——文革時期上海市民的故事及其他

## 文革篇

## 生活篇

## 親情篇

文革篇

# 劫智

　　喧鬧的鑼鼓聲中，幾十人為一隊的紅衛兵，左臂上套著有黃色「紅衛兵」字樣的紅布，高舉著有「紅衛兵」三字的大紅旗，大隊小隊，東一隊西一隊，氣勢得很，在街上走著，偶而也有用卡車載著疾駛而過的；自早到晚，甚至在半夜，也能聽到這震天的聲音。人行道上，行人稀少，甚至有人為這震人心弦的響聲和大批的隊伍而放慢了腳步，有人站住了呆望，有人望而微微搖頭，也有人見了就加緊步子急走，好像家中已被踏爛似的。但是，大家好像都在自問：這是什麼？為了什麼？

　　1966 年八月的某個晚上，喧鬧鑼鼓聲由遠而近，光臨了我家。大門被急敲著，據說，如果不開門，他們惱了，變得

更兇，把你的家都能踏破；迎接的話，則「破四舊」翻箱倒篋的行為要客氣些[①]。一開門，先進來的是中學生組成的紅衛兵，隊長是里弄裡的工作組人員（工作組是這次搞運動的組織），當即宣佈，有人告發我們有私譯外文的嫌疑，並令一人伴我同坐。這時大門敞開，門口擠滿了人頭，而我內心則很定，因為自知沒有做過不守法的事，也沒有與人們去爭論高低而逞強。這些紅衛兵美其名為小將，到處翻查。我的孩子們阻止他們說：「你們不能隨便抄人們的家。」可是這有什麼用呢？他們的這個行動就是法。

經過兩三小時的翻騰，臨走在客廳裡

---

[①] 所謂「破四舊」，是破除舊思想、舊文化、舊風俗、舊習慣。

貼了大字報，內容是為了不給女兒上山下鄉[②]。此外又亂貼了一些紅紅綠綠的標語，最後一條貼在鋼琴上。小女兒說：「這是學習的東西，不是享受品。」他們說：「我們非但要貼，還要給你拿走。現在貼了紙條，你們不准動。」天啊！他們一句話，當時就是法，信不信由你。但在紅色政權的範圍內，誰敢去冒尖子？所幸的是大字報沒有貼上大門，因為我們沒有發過國難財、勝利財或解放財，沒有當過漢奸，沒有做對不起人們的事，祇是勤儉踏實地工作，也沒有什麼其他可被認為有罪的事能拿來在大字報上示眾。我坦然地承

---

[②] 當時的政策是要都市中的年輕人去山區或農村勞動，以表示對共產黨的熱愛與擁護。本書作者因健康的緣故，四女沒有外出工作，在家照料家事；么女則因在上海工作，也住在家中。

受這場騷擾。

　　不久，我發現在對面屋內輪流有一人日以繼夜地遙遙注意著我們。當時暗自好笑，真是見鬼。後來我在友人處知道，他們被鬧後，也發現這情形。於是我才明白，他們是有著精密籌劃的。

　　九月某日，一夜風雲，紅衛兵的旗鼓滿佈全市，人心驚恐萬分。屬於紅色政權鬥爭對象的紛紛被抄、被鬥，紅衛兵來查衣物，封房，封屋。全家人被立即趕遷，擠住進簡陋的小屋，走時手持被抄走而不能再取回的物品和錢財清單，大門上則被黏貼了紅衛兵所說的罪狀和資產。各省各地的風雲雷激，由此亦可窺知。

　　鄰居為一開設銅絲廠的老闆，中風後半身不遂。紅衛兵在他家查了三天，曾搭台令其危坐示眾，要他交出金銀財寶。後

來我去探病，他告訴我說：「他們要我交出金條，我說我沒有金條，祇有二仟元銀洋，可是他們說有銀必有金，因此逼得更兇，若我交出金子，就可不受此苦。」他又感慨地說：年逾七十身有病，因錢受辱甚悔恨！

被抄家的屬類，最初在大字報上看到的，有「地主」、「富農」、「反革命」、「壞份子」、「右派」、「反動資本家」、「資產階級」等，以後又有「臭知識份子」、「當權派」、「走資派」等名目。經過幾天抄家風，大字報被投機份子利用，知道誰家可能還有油水，就再去演抄一遍以入私囊③。所

---

③ 作者被紅衛兵所取走的一些存款單，在 1979 年獲得發還，但有些存單不見了，差數約在五千元人民幣左右。當時一般人的月薪，依學歷、經驗和年資等區分，自十八元至六十元不等。

以有些人家可以被抄家兩三次，大字報的內容也不斷隨形勢和情況而改變。

紅衛兵可以免費乘車到各地各處去串連點火，以後發展到祇要是學生，成份好的，都可以三三兩兩地去串連，順便遊山玩水。甚至一些有造反經驗的人上首都請願告狀都是免費乘車，免費住宿，因為各地的區、里、弄都設有招待紅衛兵的站。這樣就扭組成了更大的聲勢，形成學校停課，工廠半停甚至全停，商店也部份停業，市容半眠。

在河山為憾的一段日子裡，我內心清楚，自覺尚為鎮靜，因為平時安守度日，沒有「出人頭地」的行為。可是，在這不尋常的日子裡，除想到自己之外，首先想到的是親友。那時我僅有二哥在近處，所以謹慎地和他先通了個電話，要他出來一

同走走。他說不出來，要我去。哪知我一入門，才知他剛被抄過家，門上還沒有黏上大字報呢。這樣就引火焚身，牽連到自己家來。不過，如果沒有這一次的誤闖，可能在衝勢稍緩之後，仍是會來抄家的。因為我有定息收入，是屬於「剝削階級」。

我丈夫經營商業、設廠，解放初期，被搞得精神萎靡，久鬱成病而去世。家庭中失去了一個精神支柱。因此我以達觀養身為主。我有責任，不能讓孩子們在精神上再受損傷，也希望有一天能看到他們有所成就。所以當這批紅衛兵來衝擊時，我把他們要的財物準備好交出去，祇留一部份作日後生活費用。那時我已不工作，沒有經濟來源。

這批人把東西收點後，仍有一人伴著我，似無目的地東問西問；其他人則好像

搬家一樣，把傢俱搬動翻看。他們拿到一桿稱中藥的、以分起算的兩秤，說是稱金子用的；拿到一張彩色照的底片（那時候有彩色相片是被人羨慕的），說是搞機密用的。總之，他們是以各種裝佯的方式來戳鉤你的心事。忽然我想起有兩張 1949年以前的政府公債放在銀行保管箱裡④，保管箱在半個月前已被控制，如果被發現有這東西，不是表示支持以前的政府而反對他們嗎？一旦被認做反革命，子女便也背上黑包袱了。思想鬥爭了好些辰光，終於把留作日後生活費用的錢也交了出去，爭取做一個不是反對他們的人吧！當時有一個紅衛兵面有同情之色，並且暗示我不應如此。唉，可是為時已晚了！這位

---

④　參見第 121 頁，圖照二十。

厚道明理的人，如今我仍會想到她，默祝她一生幸福。

一場心頭的交戰，引起我對智不智問題的興趣，想到了「智者不惑，明理者不敗，但一時渾迷者則潰」的成語。混雜的情勢稍定以後，親朋之間常使子女探訪長者慰驚，因此也談到一些可驚可笑的事，且取數則，略記於後：

（一）

某家，當紅衛兵闖入時，主人懷抱一件約二尺左右的純白玉佛手臂，盤膝而坐，他對紅衛兵說：「你們喜歡什麼就拿什麼，但不能要我這傳家之寶。」可是這話反而激勵了那批人，非拿這個白玉佛臂不可。主人則寧死不給，最後把它摔在地上砸碎掉。

## （二）

在某老舊地區，有一群十幾歲的男孩在街道上踢球。一個過路人覺得那個小球很奇怪，孩子怎麼踢總是踢不起來，一踢就是在地上滾，於是他招呼了孩子，細看那球，發現那是一個玻璃質的實心球，表面已損壞不平像麻包狀，而且顏色污黑，就問此物何來。有一個孩子說，是他哥哥當紅衛兵抄家時拿回來給他玩的。此人聽說是抄家之物，就經由地區組織詢知是哪一家，又聽說這家上代是做官的，於是請博物館人員來鑑定，原來那是一個翡翠球，而且可能就是故宮失竊的一對翡翠西瓜中的一個。

## （三）

抄家風之後，運走的家俱大部份被送到寄售商店定價出售，價錢都很低廉。有

一對夫婦在寄售商店買了一座紅木衣櫥，搬回家後，不知因何爭吵，不小心打碎了衣櫥的鏡子，不料鏡後竟跌出了許多鈔票，把這對夫婦驚呆了，不知應如何處理。最後他們還是把這一大宗鈔票交給自己工作單位的上級才安下心來。

## （四）

一位專賣水泥磚瓦等建築材料店的小股東，平日很節約。在抄家時，紅衛兵要他交出金子，以為他把金子埋在天井裡的泥土下，便在那裡挖掘。但是掘得雖深，卻未能發現什麼，於是就罰他這樣那樣地侮辱他。最後這人答應把金子交出來，可是不讓紅衛兵跟著他，結果不知他從什麼地方拿出了幾根金條來。大家都說這個老頭真硬，金條交出來了還不肯給人知道東西是放在哪裡的。

## （五）

在人心亂哄哄的那段時期，火車上十分擁擠。在某一班的列車上，話筒裡廣播說：「某某人快速回去，你所帶的二十根金條，你媽媽已經坦白出來。」原來是這家人為了逃避抄家，媽媽讓孩子帶著金條坐火車來來去去，但結果仍是說了出來，真是大謀不成反為害，子女在以後被牽連得很不好過（這家人是我朋友認識的。我友說，若是她的男人不死，決不會拿出來的。女人比較膽小，一嚇就說出來了）。

## （六）

在一條冷清清的路上，有兩個男人，左臂上套著紅色布條，上面黃色的字，遠遠地也看不出寫的是什麼派。他們押著一位年約五、六十歲的婦人，走向路邊的一顆大樹，要她在樹根處挖泥。這一舉動，

引起了鄰近的人前去觀看。婦人沒有挖多深，就露出了黃澄澄的金條，共有十二根。兩個男子當即就地批鬥，責問她為什麼把黃金藏在這裡，這是反抗思想！

### （七）

單位和單位之間的紅衛兵組織，可以相互支援到兄弟單位抄那個單位裡抄家對象的家，這樣可造成更大的聲勢。單位裡的同事之間，平時相互含笑招呼，一旦執行任務，便立刻成了陌路人，甚至被想向上爬的人作為墊腳石。有位高級知識份子，在被同事圍攻的時候一言不發，但是因為目光常常不經意地飄掠一處牆壁，被作為紅衛兵的同事注意到，終於逼他說出他的存單是放在牆縫裡了。這是不信任黨的行為，存單被拿走之外，當然還要受到懲罰。

## （八）

在此浩劫中，有人竟能歷經批鬥懲罰而始終不屈，結果所失僅衣物雜件，藏金則不失絲毫。他因勝過紅衛兵而常常喜透眉梢，但也不願說出如何收藏而能不被搜出。可能是大善大惡之人，命運錮不了他。

## （九）

有一次，農民出工，在屋牆邊上墾地，鋤出了十幾箱的銀元（裝肥皂的木箱），全數歸公，不知是何智者所藏。可說非我之財終不留，不然要如何解釋？

## （十）

農村裡糧食比較緊張，常有幹部挨戶查看是否還有未交之餘糧。有一次，查糧時查得幾籮筐塑料髮梳。這是商品，顯然是別處轉移來的，就歸公賤賣。不料其中

一個籮筐裡竟藏有幾兩金子，可謂智者得失孰能料？

### （十一）

千方百計地藏；藏入自行車架管內，安放在日光燈的木座內，埋於花盆或花缸的座子裡，放進陰溝下水道的入口處。形形色色，不勝枚舉。但是在強蠻而又狡奸的逼問下，又能有幾多作用？我常以「天皇皇，地皇皇，中間有個強頭皇」來打比，那批人真是為所欲為地逞強，而沒有一絲小權的人們祇能在鼻孔透一口氣，誰敢作一聲！

劫智

# 謎——保管箱的故事

二十世紀二十年代，無錫還是個小城，沒有書香氣，除了大磚造的城牆和窄小街巷，只有幾條擴建過的大街。由於在城外有幾家較大的布廠、絲廠和麵粉廠，因此市面就覺得繁榮，故有小上海之稱。我雖不是出生在祖籍無錫，可是幼小生活在那裡。稍長離開後，每年還得隨母親去探望外婆，住上一陣。有一次，路經新生路上，看到一家戲院，毗接著一家洋房式的銀行。我自問著，戲院近處，大都是吃食店、雜貨店或百貨店，為什麼是一家銀行呢？好像很特出。以後經過這個地段，總是好奇地朝那洋房張望一下。

卅年代抗戰時期，我又有機會路過那裡，發現戲院還好好安在，而鄰接的這家

上海銀行分行，已毀於飛機的炸彈。那時我好感觸，四週的房子都安然無恙，而獨獨這家銀行被毀了，如果是戲院被炸，損失會小些吧。唉！這個投彈的技術真是這樣精湛嗎？

我丈夫經商，所以常與銀行打交道。在某一個機會裡，我遇到了一個曾在那銀行服務的熟人，便把這好奇心向他提出。這才知道，那家銀行不是被飛機炸毀的，而是那時的經理見國軍在京滬線節節後退，便候一適當時刻，把保管箱啟開，將所有的財物盜取一空，然後把房屋自行炸毀。這個狠心又安全的手段好利害啊！不知內幕的人，誰能看透這個謎呢！

抗日戰爭時期的孤島——上海①，人

---

① 在 1941 年十二月七日珍珠港事變前，日本尚未向

口擁擠，住房困難，所以到處可以看見樓上加樓，閣上添閣；只有當朝的權貴們可以住高樓大廈，落魄者只能夜息簷下。強盜小偷，縱火搶劫，日有所聞。當然，也有不少安份的市民需要一個安全的地方來收藏積蓄，而那些發國難財的，更需要一個牢固的地方來囤積刮來的財富。在這烏煙瘴氣的地方，保管箱成為一般人的寵兒。但是我因為想起那個「謎」，不免對保管箱有點戒心，左思右想，得了一個兩全其美的辦法，就是只在其中放些於我有用而於人不需的東西，如合同、單契、借據、證件等物。可是日子一久就大意了，也把定期存款單放進去。

---

英、美、法等同盟國正式宣戰，上海雖被日軍佔領，但並未接管各國之租界，所以稱之為孤島。

抗戰勝利以後不久，記不起確實的年份，可能是國民政府發行金圓券的年代，銀行曾停止辦公一天（可能是兩三天），保管部門亦隨之休息。當恢復辦公後，我前往保管處，看見那裡的櫃檯前擠滿了人，靠在前排的，拿著大小金條在兌賣給國家。原來是黃金歸為國有的政策宣佈了（金銀首飾例外），大家來保管箱中取出金條讓政府收購。

1949 年解放後，由於小銀行併入較大的銀行，我所租箱的銀行因之搬遷數次，最後搬至全市最大銀行。這銀行所經營的保管處可謂之「庫」，建於地下，不銹鋼的庫門約有二市尺厚，形如城門，走進去就有一種嚴肅之感，使人覺得它實在是一個萬無一失的地方。我就增放進去一些金銀首飾等物。

南北越戰爭開始時，中國共產黨全力援助北越。由於現代武器的進步，我又把值錢的小玩物等東西放進保管箱去。但是這時候保管處增加了一個條例：除填寫開箱登記外，還需填寫存取物件的名稱。我對這一個怪條例感到好奇，曾詢問保管處的工作人員。他說：「這是防壞人放入手鎗或爆炸東西如小型炸彈等。」

過了一年，即 1966 年的春天，我發現保管庫內有些保管箱門上，貼了一張約兩寸長半寸闊的小白紙，上面用墨筆寫著那箱的號碼。當時想不透為什麼？看看自己的箱上，則沒有這樣的紙條。有一次去開箱時，遇上一位較熟的工作人員，便問她：「這是什麼意思？」她說：「有紙條的表示屬於國家的。」我聽了有些識不透其中的玄機，但估計全庫大小不同的保管箱

約有三分之一是黏上小白紙的。而後我在開箱時注意自己所放的東西，好像沒有被翻動過。那時人心都非常信任政府，一點都不打折扣，所以也不向別處想了。過了不久，我發覺箱中包得好好的五只大小鑽戒被打鬆了，隨即解開細看，戒子沒有缺少，但大小順序放亂了。因此在心裡又打了個問號，對放在保管箱裡的東西要如何辦而感到猶豫。

我又發現，去開保管箱時，銀行工作人員除核對印章陪同開箱之外，還在旁注意存取的物件，如有飾金，則勸說持有人售給國家，依牌價結算。過了三四個月，銀行在保管庫增加了一人，專為記錄前來開箱的人數。

到了那年八月，整座保管庫為紅衛兵

封閉。不幾天,「破四舊」開始[2],各個學校組織紅衛兵,到他們認為有問題的人家,翻箱倒篋地搜索。所謂有問題的,先是「地」、「富」、「反」、「壞」、「右」,然後是知識份子和資本家。同年九月,除了學校,各單位也組織了紅衛兵,一切都變本加厲,揭開文化大革命的序幕。

我由於想息事寧人,所以交出保管箱鑰匙。當即有人伴往啟箱。保管處因抄家而前往啟箱者甚多,必需排隊。迨交箱手續完畢,身心一輕,但是對這保管箱的結果,仍然念念不忘。

十多年後,「四人幫」垮台[3]。有一日,與小女在街上行走,看見從前在銀行專管

---

[2] 參見第 4 頁〈劫智〉篇註一。

[3] 指「文化革命」期間掌權的四人:江青、陳伯達、姚文元、王洪文。

保管箱的一位行員，本想趨前問他，打聽
一下那些保管箱的下落，但因小女有事，
匆匆而過，從此就失落了尋求這謎之答案
的機會。

（1980/9/18-25）

# 手錶重千斤

我在同德醫學院讀書的時候，有位姓夏的同學。他的身材中等，穿著一件總似洗不乾淨的衣服，但是不顯得落拓，因為衣服並不縐。他很少和同學談笑，並且總是算準了時間來上課，不早也不遲，除非遇到意外而誤時。

他上課僅帶一兩本練習簿，捲成筒形，喜歡坐在課室後面的位子。聽說他在國營的什麼廠工作，常做夜班，把白天騰出來上課，每次的學期成績還不錯的呢！畢業後就在那廠的醫務室擔任醫師。

1936 年「八一三」抗日戰爭爆發不久，他想在上海市的浦東地區開設戒除吸鴉片的戒煙醫院，幾次向當地衛生局申請，未被批准。於是他情商於同學盛晨。

27

盛同學正在當時有名白相人杜月笙設立在浦東三菱塘的醫院任內科主任①，很受病家歡迎，也因此獲得院方信任。他因同學關係，一口應承幫忙，但叮囑不可做「掛羊頭賣狗肉」的事連累他。可是，戒煙醫院開辦後，盛同學去參觀，發覺住院的病員沒有一個是有煙容的，而且大多還身體壯健。於是盛同學心裡有七八分的明瞭，這醫院大概有著另一種目的。

1949 年上海解放後不久，我在某廠的職工醫院遇到夏同學，知道他擔任副院長主持醫務。這時我才恍然大悟，原來他是老共產黨員，以前是地下工作者。

1966 年文化大革命開始，他當然是

---

① 白相人，吳語，指不以正當職業或方法牟利者，猶言流氓。杜月笙為白相人出身，成名後躋身上流社會，力圖改邪歸正。

很威風的，可以整人。可是在造反派奪權時，他也嚐到了被整的滋味。

大概在 1971 年的春天，有位姓蕭的同學伴著他來看我。他的精神很好，將近六十歲的人，頭髮稍有花白，可是不顯老態。那時我心中私忖：究竟是黨員，風與浪要比一般人少吃些。他見我住在豆腐乾一般幾個平方尺大的房間裡，家俱都需相疊，坐立皆要讓路，似有所感，問我怎麼住到這種地方的。我苦笑著說：「還不是有權有勢的黨員所做出來的成績嗎？我那幢所謂保留房屋，忽然來了個海軍頭頭，硬要住到有醫生的屋子裡。不幾天，又說什麼軍人不能與資產階級住在一幢屋子裡，逼著要我們搬到這所將倒塌的房子來，樓梯這邊還難蔽風雨，但總算還有

自來水和電燈②。若和他硬頂，則就要被
迫住到棚屋去了。我以『一忍免百災』的
想法，就搬來了。雖然有人明知這是橫
理，有誰能站出來指責呢？祇有一位看弄
堂的老媽媽偷偷地安慰我，我也祇能心
領。」

他聽了，似有不平，又似同情，終於
他消除疑慮，也暢吐他的心事。他說：「這

---

② 作者所住原為一座三層樓的房子，有現代化的衛
生設備。硬要把家屬遷入居住的「海軍頭頭」，
階級不明，因為「文革」期間的軍人不掛階級，
外人也不敢問，僅知是東海艦隊的中上級軍官。
所謂「要住到有醫生的屋子裡」，因為本書作者
是醫生，此人之妻小在家中有病痛時可以就近照
顧。當然這祇是侵佔房屋的藉口，因為不久就以
「不能與資產階級住在一幢屋子裡」的理由，逼
本書作者搬走，真是俗諺所謂的「乞丐趕廟公」
也。文革結束後，本書作者幾經申訴與力爭，才
將此人及其家屬「請」走，屋歸原主。

有什麼辦法呢？大勢啊！我受的比你深得多。有一次，我被叫到一個房間裡，有好幾個造反派坐著，向我問話：『你什麼時候入黨的？』『你如何騙取上級信任的？』如果我的回答他們聽了不滿意，便你一句他一句地問得你頭發昏，還叫你坐飛機──即是人立著把上半身衝向前，面孔亦須向前，然後把兩肩及兩手向後上伸，作飛行的飛機狀──這樣足足罰了幾小時。

有一次，開批鬥大會，會場裡有幾百人，我在台上被批鬥。最後，那些批鬥我的人要我伸出雙手，兩膝稍向前曲，然後在我雙掌上放了幾本厚厚的書。接著他們就數說我的罪狀，我若不承認，他們就在手掌上加書。加了幾次，我實在托不住那堆疊得歪歪斜斜的書了，兩手不住地發

抖。他們見此情形，不再加書，卻加上一只手錶，不准我讓它掉下來。我看著那只錶，心裡在想：它若掉下跌壞了，我還賠不起呢。因為我已經沒有工資，祇有生活費。我戰戰兢兢地托著書和錶，覺得這只錶在書上真有千斤之重啊！

後來幾個月，他們對我不批也不鬥，要我靜坐思過。那是在醫院大門處通過花園到建築物門口的一段大道旁放一張檯子，兩端的檯腳上各綁一支長竹竿，竹竿頂端掛一條橫福，上面寫著「假黨員」三字，好似戲台上的官帳，人就坐在橫幅的後面。這段路是所有來院就診的病人和醫院工作人員都要經過的，經過的人都可以向我質問和侮辱。一些相熟的人是側面而過，佯作不見；而醫院附近的小孩則走來就問：『問題交待了沒有？假黨員。』開

始時真不好受，精神很受創傷。如此坐了
三四個月才解放我，叫我退休。這時候我
真是按額稱幸，再也不想做什麼官了。」

（1981/4/5）

<u>劫智</u>

生活篇

劫 智

# 新旅程

1980 年的六月，懷著莫名的心情踏上旅途，因為我們的前途雖不是由「零」開始，至少也是從「壹」起頭，要在地球的另一塊泥土上生根、發芽、結果。

當我踏上羅湖橋的邊境，適值九龍駛來的火車正在下旅客[①]，那樣擁擠的、亂紛紛的人們，下車後就急闖地奔跑，使我想起抗日戰爭時人群在米店門口搶著擠向前去買配給米的情景。那些香港客的體態，不論男男女女，大都是稍弓著背，微削著肩，使人覺得不精神，據說這是病態美；但是穿的衣服都很漂亮，衣式花樣和顏色多且奇異。回想三十多年前我在此過

---

[①] 文革後，大陸採開放政策之初，人民赴海外多由廣州出境，抵香港後再轉往目的地。

境所見，真是換了一個面貌[2]。

　　港、九二地的房子大多是幾十層樓，幾層樓的可說少見，汽車駛行在這些高樓大廈之間的車道上，好像巍巍大廈要傾壓下來，有些讓人透不過氣來的感覺。但是看到人行道上的人們，有的坦然慢步，有的急行趕時間，就笑自己有些少見多怪了。

　　住在九龍的半山，環境優美，起居舒適。可是因為天熱，家家都開冷氣，每晚被冷氣機的水滴聲噪得心煩。有時這聲音

---

[2]　本書作者之母親（嚴秀英女士，見第 111 頁圖照三）於 1949 年前往台灣，次年因不慎跌倒而中風，以致半身不遂。本書作者聞訊，急赴香港，擬接其母返上海治療，但未幾韓戰爆發（1950－1953），東亞局勢緊張，事未能成，無奈而回。「三十多年前在此過境」，即指此事。

可以使你在睡夢中醒來，疑是下雨，實際是這高樓大廈裡每戶住家的冷氣機向外排出的水滴。

我光顧了港地名酒家品嚐佳肴，觀賞了夜景——真是萬家燈光，猶似繁星閃爍；還登上山頂，鳥瞰全港。這全由孩子的學友為東道主，情意堪憶。

蒞港、九時期，全勞姪婿李漢平接車與侄女慧禮早晚侍伴[3]，常逛市容，光臨高級酒家，這股親情，溫暖地藏在我胸懷深處。泰山師弟適有事來港[4]，暢敘別後的各自天地，未免百感叢生。

---

[3] 徐慧禮為本書作者長兄徐步青之女，參見第 116 頁圖照第十二。

[4] 馮泰山先生，江蘇無錫人，是本書作者之父徐雲章（寶富）的學生，1945 年自上海移居台灣經商。參見第 116 頁圖照第十二。

　　啟德機場的候機室相當大，因為有好幾家航空公司的候機室組合在這裡。候機室的下層是停車場；上層辦理行李與旅客的出入境，有可容幾百人的餐室，售品部像個小市場，出售食品、煙酒、衣服、玩具、書籍和工藝品等。海關也設在這裡，送客僅能送到海關部份。過了海關，也有供應飲食、書籍、藝術品的部份。我和莉、君三人在一個近登機門處的長靠椅上休息[5]，看到旅客因要簡縮隨身行李而甩掉手提型塑料袋、飲料瓶，甚至拋棄較簡的旅行袋，我以內陸節儉的目光看，似覺有些浪費。但以此時此地的情況看，那是不足為怪的。也有惜物的清道人把所聚的廢

---

[5]　莉，本書作者之三女金莉華。君，本書作者之四女金君華。參見第 5 頁〈劫智〉篇註二，第 43 頁〈盼切〉篇註一。

物立刻分門別類安放在推車上，據說她拿去清洗後作為回收，也是一點小小的收入，從這裡也可窺見天地有別的生活縮影。

　　動身赴美之日，泰山及其長子特到機場相送，躬誠之至。禮侄也誠意道別，相囑珍重。以後行程全賴莉兒照料，內心歡喜，人生難能幾番樂啊！

劫智

# 盼切

由港飛美的機票已定，僅等待分別了三十多年的阿莉到來[1]，一想起莉在信中寫的一句話：「你們別徬徨，有我伴著你們踏上旅途。」心裡就安然了不少。

和莉見面了，竟然不知要選擇哪句話說才最能表達內心的滋味，歇了半晌，終於迸出了一句「你來了！」的話。莉於小時離家，這時話頭滔滔不絕，也呈顯出她這些年來的成果。對於這些，我不知是喜

---

[1]　本書作者之三女金莉華，1949 年與長兄隨外祖母到台灣，後留學美國，那時已返台任教於台北中國文化大學英文系。本書作者與四女金君華自上海經廣州抵香港後，三女自台北前往，伴送赴美安頓，故云「等待分別了三十多年的阿莉到來」。參見第 67 頁〈一路平安〉篇。

是悲地靜默了。事後我說:「莉啊!你實在太急些了,在這些人面前話如瀑瀉,若有不妥,不怕人笑嗎?反不如無語勝萬言更好。日子還長呢!」雖然我知道這是為人子者在這樣的時刻所必然有的情態,而我這樣說好似在責備她,實在是在無形中有一顆疼她的心!

# 抵美見聞小記[①]

　　中美建交後，我有機會偕女兒到美國旅遊。飛機到達加州機場，已是傍晚七時左右。我們領取行李後，經海關驗查。關員很客氣，用英語向我們道出了「歡迎你們」的話，使我覺得有一股友好氣息。然後我們走向出口，在將走完出口道時，見到很多來迎接自己親友的人們。有人把頭伸過欄杆定睛找望，也有用書本樣大小的紙板寫上自己親友的名字，拿在手裡不停晃示，大概以前尚未見過面吧！或可能是學校來迎接新入學的留學生。也有用較大

---

① 　大陸開放初期，赴美者尚不多。本書作者抵美後，因親友頗多探詢，乃寫此文影印若干份，代郵以答，亦可稍見大陸與西方國家隔絕逾四十年後，知識份子初抵美國時的觀感。

的紙板寫上團體的名字，有好多人見了這個就聚候在一起。我們在欄杆外見到一對青年夫婦，懷抱著一個約有六七個月大的嬰兒。當看到一個中年婦女將走出欄杆時，這對青年夫婦即迎上去輪傀著這位婦女的兩邊的面頰。然後這婦人接過嬰兒，春風滿面地邊走邊談笑。此情此景在我看來是多麼羨慕。

　　汽車駛行在高速公路上，四周廣闊，遠處星樣的燈光一簇簇地閃耀著，約略可知這些建築物並不很多。最使我喜愛的是那高速公路上由對面駛來的汽車，那白裡帶黃的燈光，當一輛輛的接連著時，就好似一條白龍朝我衝來。同方向向前駛去的汽車後面有紅燈，同樣組成了一條紅色發亮的龍，是紅龍。由於來回汽車總是一輛接著一輛的迅速駛行，形成一紅一白的活

龍在夜幕間游舞。高速公路在祖國還未有，是看不到這種情形的。

　　加州的環境曠闊，每家住房的前面都有草坪，相鄰兩屋之間各不相連，屋旁均種有各人喜愛的花草和樹木。看上去很舒服。在人行道上尚有市政府規定的綠化樹，住家的房子大多是平房，除了二、三層樓的公寓式房子，很少有樓。各屋設計亦不同，使住區如畫，與大陸的住房差別很大。購物區的樓房較多，並雜有高建築，亦有各民族特色的商店和市場。旁有大大小小的停車場，有的需付停車費，以時間計算。汽車幾乎戶戶都有，甚至一戶有二輛到三輛。一到晚上可以看見一輛輛的汽車停在他們自己的家門口，不怕人偷，而汽車房常被利用為雜物屋。

　　交通道的路面有可並駛三、四輛汽車

的小道，到可並行六至八輛汽車的大道。
大道的地面上畫有來往行車的規則線和
祇准行車的高速公路，其中再分中速、快
速和多速等檔。路桿和指標桿設立十分清
楚。在幾條高速公路的相交層疊處，有堅
實的拱橋，示出路形的美觀，甚足一覽。
合眾國的大地上佈滿了似蜘網的高速公
路，由此也可窺見其既有的多面發展。但
是經濟危機，人們的失業率增高，也接踵
而來。

　　在十字路口的紅綠燈，不需去操控，
全是電力自動，一分鐘左右就交換一次。
在此處可說不易有車禍，當行人急欲想在
此處過馬路，只需在燈的立柱上按電鈕，
紅燈不久就變成綠燈。

　　加州有許多小山脈，常常見到山腳下
的坡處即有市場。住宅區大都傍山而建，

街道亦依小丘的高低而築。由於緯度和地勢的關係，氣候有些燥性，在十月的季節，早晚可穿毛線衣，而中午只需一件單衣，尤其中午的陽光灼迫得使人煩焦，可是夏天的炎陽也僅只有這樣的威力。據說一年內沒有十天是下雨，不似美國的首都，冬天有嚴寒厚雪。所以外來移民以及美國本土人都喜愛住在四季如春的加州。

劫智

# 悟

　　冬天不太冷、夏天不太熱的地區——美國加州，是使人默默地喜愛的一個地方。閒居著的老年人，在這優美的環境中偶覺無所事事，便信步園中消磨時光。

　　園中的月季花迎風搖動，盛開的大花似在向我點頭微笑，待放的花苞也似在揮手相招，這是使人感到生氣盎然的景色。想到客廳裡祇有常綠的植物盆景，雖然穩重雅緻，但是如果有花朵去點綴，不是更有生氣嗎？於是折了一枝苞蕾初展的月季花插在花瓶裡，可是總覺得放不好姿勢，縱然襯了枝葉，還是覺得東空西虛的，終於再添插了一枝開而尚未全盛的大花，兩花相依，頓感妥貼。喔！記起了相離三十年的孩子在如今相聚後的一句

話：「大家團聚在一起就不孤單。」真似
這一簇有過經歷的月季花。

（篁 1980/8/22）

# 收穫

　　不經意地發現自己的名字變成鉛字印在報紙上時，真有些不相信自己的眼睛，因為我平時說話常有詞不達意的窘相，又不善於思考。呆望著這篇被選用的小文發楞，也不知什麼時候，那淚珠掛上了我的眼角。心，激動地在胸中搖盪。手，抓著報紙不知應當做些什麼。

　　幾年前看到一篇文章，講述一個女青年，在工作時被火灼傷，面積佔全身的三分之二，尤其臉部的創傷，影響美觀。漫長的治療過程，一次次換藥的痛苦，她都堅定忍受，結果，傷好以後的瘢痕仍改變了她的面容。但她能趕走一切煩惱，讓內心保持寧靜。

　　作者的文筆真把我吸引住了。我羨慕

他的文字表達能力，我開始學。我不怕自己的年紀已近七十，不怕煩，也不怕慢。今天我終於看到了自己的成績——我的文章〈眼睛及其他〉在報上登出來了。當然，距離作家還有很長的一段路，但這至少證明了耕耘總是有收穫的，我會再接再厲。

（發表於 1982 年 2 月 25 日美國《世界日報》）

# 親情篇

劫智

# 母愛

瞧瞧我頭上這位大人物，
像樹一般的庇蔭我，
怕我被風吹雨打；
像老媽子一樣操勞，
怕我挨凍受涼。

我從來沒有對她說過一句謝謝，
她仍做得好起勁，
每次我對別人總比對她要和氣，
她一點也不在意。

直到有一天，
我自己也當了母親，
才知道，
原來這就是母親的愛心。

劫智

# 媽媽的節日

在幾人歡樂幾人憾的母親節那天，我懷著感傷的心情，緬懷著埋骨他鄉的母親；也想念著遠離我身旁的孩子們，錯雜的思路，使我纏憶著悵愁與遺憾，甚至含有一絲生氣，嚮往著下一代的平安與幸福。

我在繁雜的情緒下，去逛街來排遣這個溫馨的節日。

偶然在一家商店的玻璃櫃上的小櫥裡，看到一枚鑲有閃著亮晶耀光的戒子，可是鑲工並不精巧。我想這可能是鑽戒，但是怎麼在百貨店內出售？經櫃檯小姐的解說，方知是人造鑽石，錢數也不大。隨後看到一枚更亮晶、更燦爛的鑽戒，嵌鑲尚算精巧。我呆住了，好像很眼熟。啊！

那不是跟我在過去戰亂時被拿走的一個相似嗎？那時購了想等到大家團聚時送給媽媽，並且告訴她這是我自己工作所積的薪金買的；也曾為孩子們備了些，以示我也沒有忘了他們，可是都丟了[1]。

現在望物興嘆，想把孩子們寄給我的賀節錢買一個，聊慰精神上的挫損。但最後仍放棄了自己愚蠢的、且含有虛榮成份的想法，假的終究不能和真的相比較，何

---

[1] 本書作者於文革前銀行保管箱中放有五隻鑽戒，1966 年文革開始時，被紅衛兵隨同保管箱中的單據文件和其他金珠飾物等一起取走。文革結束後三年（1979），獲得一些價款，算是「發還」，但作價極不合理。如其中一隻鑽戒和一隻藍寶石鑲鑽戒指，在五十年代初，本書作者各以人民幣約貳仟元向上海南京路國家首飾店購得。1979 年每隻作價 200 元「發還」，僅為原價的十分之一，時價的幾十分之一。

況在親人之間，天然的、自然的、發自內心的情意，久恒的流露著，才經得起挫折與考驗。

我仍懷著孩子們給我的感恩和敬意的象徵品，以開朗的心情，輕鬆的腳步，度過了有意義的一天。我以端莊的態度，嚴肅沉重的心情，默默地向我媽媽說：「當我走完我生命的道路時，我要永睡在你的身傍，早晚相伴著你，使你孤魂不再寂寞在遙遠的異鄉②。」

1982 年 5 月 25 日寫於加州，發表於同年 6 月 29 日《世界日報》（美國）

---

② 本書作者之母親於 1954 年初病逝台北，葬於台北市郊。參見第 38 頁〈新旅程〉篇註二。

劫智

# 悼念媽媽逝世二十週年

當您的眼簾上隱有家鄉美的時刻，
我正伸出了雙臂等您懷抱。

當您的腦海裡顯出航帆的影子，
我正在徬徨何處是埠頭。

綿綿思意，
遙懸著，
盪漾著，
永無盡期！

啊！我已摸不著您的軀體，
祇有一顆慈母的心，
蘊涵在我的心底！

（1972）

劫智

# 日 記 一 則

　　見到病癱了四年的同學，像嬰兒樣的安睡在病床上，僅能用手勢表示出好與愁的動作，食物全靠人餵，但心安而延壽，使人羨慕她的晚年，得到養女的赤心照顧，雖然不能享受自然的美，但能享受人間的人倫溫暖，在人世又能有幾個呢！

　　今天是我自己媽媽的生日，她是患了癱病，得不到親子女的看護，受盡奚落和折磨而早逝的，她遠隔海洋的女兒唯有興嘆[1]，今天出門探病，借以聊慰思親憶慈之心而已！

　　　　　　（1973/10/16＝9 月 9 陰曆）

---

[1] 本書作者的母親於 1950 年在台灣因中風而半身不遂。本書作者聞訊後急往香港，擬接其母回上海療養未果。「遠隔海洋的女兒唯有興嘆」是有這一段經過的。參見第 38 頁〈新旅程〉篇註二。

劫智

# 一路平安

　　不知怎麼的，心裡一陣煩燥，趕忙去躺下，閉上眼，可是眼瞼底下有東西在膨脹。喔！是莫名的眼水由淚泉中湧出來，急快想止住它，可是已像決堤似的沖出瞼界。人生的主宰為何這樣野蠻？把鐵石似的椒粉撒進我的眼睛，打在我的心上。

　　莉在整理行裝，一面嘀咕著：「出門的時候討厭東西太多，可是要用的時候又嫌不夠。」我們母女分離了三十年，相聚不久，又要分離①。自己沒有汽車，僅能計劃乘公共汽車去機場，但是需換幾次車，送行的人又怕回來時天黑，路上不安全。因為飛機起飛已是晚上九點，近半夜

---

① 參見第 43 頁〈盼切〉篇註一。

了。這些種種的顧慮，我才初嚐。在過去的時日裡，哪有這種的體驗，家裡多的是人[2]。我們在愁悵，計議著如何解決，不意被機靈又熱心的鄰居婉霞發覺，便自動地要她的姪女全英送行。她的慨舉，真是適得其時。

　　在不能由自己安排的久分的日子裡，祇有默祝著遙遠離家的孩子們平安。幾十年的分別，終於得到幾個月的相聚。明知過去的歲月裡，他們經歷了累累的淒苦傷痛，有巧手名醫也是難以彌縫的，我心有何可說呢？或許是不依哲律行事的後果吧！

---

[2]　意謂在上海時兒女眾多，多一些人送行，就不怕回來時天黑路上不安全。現在初抵美國，祇有三女四女在身邊；三女要回台北教書，祇有四女可去送行。

　　為了我和君的新生活開端，一切又得由莉操心，現在她要回工作崗位去，我懷著安然的心，祝頌她輕鬆、怡然、健康、一路平安！

（洵　1980/11/12）

劫智

# 姑嫂侄兒情

人的習慣，在家相聚的時刻，常不覺要珍惜彼此，一旦分別遠離，才體驗出種種的情份。

大概在 1932 年秋天，我上醫學院一年級時，二嫂因患腎炎，懷孕七個月的嬰兒就早產。生下的是個男孩，但對她的病有害無益。產後發熱，渾身發癢，並且併發肺炎。結果在男孩降生二十四天後去世，還留下一個六歲的女兒。此後男嬰即由家父母扶養，我於暇時相助。

家母因家鄉無錫新建的住房有院子，寬敞向陽，乃請奶娘同住該處。翌年暑假，我回無錫，適逢替換奶媽，舊人已去，新人尚未到，晚間我常須起身調哺代乳。嬰兒有時拒餵啼哭；或因天熱，帳中

71

燥悶，出帳則多蚊咬，也久哭不止，甚至澈夜抱於懷中。可能因為他是下一代的長孫，又是早產兒，所以全家都注神在他身上。有時我懷抱著小侄，呆望著他酣睡的小臉，腦子裡卻呈現著一幕幕的情景：

　　我大嫂性情剛強，但心地善良，很喜歡花木蘭那樣的人物。她很喜歡和我談心聊天，可能我們是表親的關係。後來大哥有外遇，她就攜帶三歲的女兒忿然離去。二嫂溫和篤實，做事敏捷。她善於編織毛線，常為家人結毛衣，大家都很喜歡和讚賞，而二哥卻偏在外拈花惹草。我們姑嫂相處甚好，但我無法釋其私憂。記得有一次二嫂回娘家小住，同時在那裡的有名產科醫院「紅房子」門診處做產前檢查（「紅房子」是民眾對那家醫院的別稱），發現有妊娠性腎炎現象，我去她娘家探望她。

那時二哥雖外有所愛，但仍維持場面，也來要二嫂出外走走散心。事過多日，大哥對母親說：「玉英（二嫂之名）回家住，是弟弟與她可常出去玩，我在路上遇到的。」我在旁聽了也隨口說：「是有的。」意思是他們確是曾一起出外走走的。過後我想了想，這是大哥的刁嘴，而我無形中做了老大的幫兇，心裡一直很悔疚自己的隨便和無知；告訴自己以後一定要仔細，要記住姑嫂間的情份。

二嫂在醫院生產後，因腎炎情況惡化，便接回家醫治，由家人輪流守陪，我則在夜間伴護。一天上午，醫生來診視並開處藥方後，表示病況已無希望，大家很著急。二哥去請他的岳母，其他人在樓下，我一人在樓上坐伴著二嫂，心裡覺得亂紛紛的。

　　二嫂不時問我醫生如何說，我寬慰了
她幾句以後，不到一刻鐘，她又問二哥何
在？並且反覆問了好幾次。那時我不知怎
麼心神一動，便對她說：「妳有什麼話要
和二哥說的，就對我說好了！」但是她很
久沒有開口。於是我又說：「妳是不是放
不下兩個孩子？」說後沒有等她回答就
說：「有我這個姑姑在，不會讓他們吃苦
的，我會站出來說話的。」二嫂聽了，隨
即張口「諾」「諾」作聲，但祇有出氣，
沒有進氣，而且口還沒有來得及抿上，雙
眼已極其疲勞似地合上，像睡著了的樣子
去了！以後我就憑著對她那個承諾的精
神，關心她的兩個孩子，雖然我可能有心
力未到之處。

　　1936 年初，在我婚後不幾天的一個
半夜，忽來了一陣敲門的聲音，我直覺地

以為出了什麼不能等到天亮的大事，急忙去開門。一開門，見是家父抱著三歲的侄子慧龍，小侄子的臉上還有著淚絲，兩隻小眼睛直望著我。家父說：「他一定要和三伯睡[1]，橫哭豎吵的，哄也哄不止，祇好叫了一輛出差汽車送來！」[2]

抗日戰爭爆發後，上海租界是個避難的地方[3]。所以我又在法租界家父母的住所附近租屋而居，也因此眼見小侄兒聰明活潑地日益長大。

1949 年，我母攜帶這個小侄與我的

---

[1] 本書作者在家中排行第三，她的侄兒侄女都尊稱她「三伯伯」，此處即指作者。

[2] 即出租汽車。

[3] 1942 年十二月珍珠港事變前，日軍雖佔領上海，但未進入英、美、法等國之租界，因此租界成為民眾避難之地。

一兒一女，隨我大哥去台灣居住，那時家父已去世多年。這一別，直到 1980 年才與侄兒在加州重見，真是做夢也想不到的事。

在異國，侄兒給了我很多細心的關心和照顧。有一次，他送我去洛杉磯醫療中心接受慢性病治療，汽車行駛在高速公路上，他一面注意開車，一面和我說話。在這注意力高度集中的時刻，他忽然衝口而出叫了我一聲「媽」；當這個字激流似的傳到我耳膜時，我並不訝異，很自然地領受了他內心所想的，這是他蘊藏在心底多久的呼聲啊！

（洵　1980/9/3）

# 祝頌四十春的今天！君華①

## （一）

七秩老人在客地，

隨喜掙得分文錢②。

精心選得賀誕卡，

贈給君兒度華年。

## （二）

度過數千個晝夜，

混雜著悲歡，

品嚐著甜辣，

好長的歲月啊！

一眨眼，已成昨宵的夢幻。

---

① 本書作者之四女，長期照顧作者之生活起居，並
一起移居美國。

② 報紙所寄之稿酬。

邁開步子，跨上那陌生的國土，

似美非美的現實，

似安非安的悵惘，

感受不到純樸的風格，

緬懷著家鄉恬靜的氣息。


在遙遠的征途上，

全賴智慧在創造，

憑著勤勞去攀登，

懷著那磨不損的心靈迎接明天，

譜出精神世界的樂章！

奏出物質世界的弦歌！


愉快！幸福！


洵仝寧[3]　賀於八一年十二月十九日

---

[3]　本書作者之外孫女，名張寧，1981 年底本書作
者因眼疾返上海開刀，寫此詩遙寄在美之四女，
其時張寧尚未赴美，陪侍在側，故併具名。

友情篇

劫智

# 人逾花甲倍安詳

　　暖烘烘的陽光，稍微覺得有些灼熱的天氣，是春去夏來的季節，使人很有精神。一天下午，我在房內聽到輕輕的叩門聲，很快回應說：「請進來！」房門開啟了，進來的是一位讀醫學院時的男同學，常見面的。他頭髮稍有花白，中等的身材微胖，滿面笑容地走進來，但沒有幾步就站住了，望著我，右手伸向後側說：「你看，是誰來了？」這時接著走進來的是位女同志。我呆呆地望著他們，不知道如何反應。

　　由於我的凝視、思索，他們二位又走前幾步，並且微笑著，讓我思考一會。女同志的風度、神態和由內心透露到面部的笑，顯得十分開朗。我忖度著我沒有如此

瀟灑的朋友，也沒有如此高雅又稚秀的熟
人，祇好說出一句很抱歉又慚愧的話：「記
不起了！」這句話頓時引出了滿室人的笑
聲，似乎笑我這人太坦率了。

　　「啊！」我終於知她是誰了，她是久
別的同學朱慧。她走近我的床前，親切微
笑而帶著原諒的神色說：「時間隔久了，
是不容易記起來的！」這時我記起了她在
學校時的剛毅性格；1956 年在某醫院院
長室相見時她那忙碌認真的神態；現在她
則是這樣的悠然輕鬆。我們之間，在時間
上雖然久隔，但都是「四人幫」的受害者
①，所以感覺仍是十分親近。她敘述她的
驚險生活和鬥爭經歷，用近似中音的微

---

① 四人幫，指文化革命時期的四個掌權者，參見第
　25 頁〈謎──保管箱的故事〉註三。

聲，悠揚的語調，意示出事情的性質，使
聽者神往。我們也拉雜談了些生活瑣事，
殊覺相樂。

　握手道別後，想起她往日的堅毅和成
就，對照她今日的自然和熱情，讓我有了
「人逾花甲倍安詳」的感覺。

（1979.4）

<u>劫智</u>

# 我的深知毛騰蛟

自從十九世紀英國工業革命以後，英語就成為世界上一種重要的語言，在中國也不例外。我所生長的上海是外國人集中的地方，因此大家學英語成為一時的風尚，在學校裡也成了必修課，甚至有專修英語的學校。

我因喜愛醫道，且對西醫之術感到好奇，於是也有攻讀英語之想，但選擇學校則僅憑各校的宣傳。在英語學校裡，我認識了毛騰蛟。她較我年長、活躍，是天主教徒，誠篤明理。我們二人很相契，雖然她喜愛洋行工作，志各不同，但學習英語作為基礎的想法相同，所以常常慕別校英文教學之名而一同換學校。由於常換學校，好高不務實，所以費時多而未能出

85

色。

後來，我們僥倖地各自考上了自己所喜愛的專業校院，不再在一起上課。但在星期日我們仍是相聚談笑，暢說心懷，可謂情勝手足。

1937 年，八一三抗日戰爭開始，社會上各階層的人士各有見解，天南地北，各自奔走。有人暴發致富，有人淪落貧困，升官與亡命，皆未可卜。那時我避難無錫，再遷長沙，到第二年春天才回上海。騰蛟原工作於公安局，那時可能已離職，並自南區遷至法租界居住，不久即往香港某百貨公司工作①。

---

① 毛騰蛟女士又名毛玄義，抗日戰爭開始後從事抗日工作，前往香港某百貨公司工作，祇是其真實身份的掩護，日軍攻陷香港後即轉往重慶。參見第 119 頁圖照十七。

　　騰蛟是獨生女，上有老年雙親，遠出
謀生，二老無託，行前和我商量。她希望
我在她的養家匯款接不上時先代墊，平時
常為二老送些糕餅點心。我恐怕日子久了
能力不及，但我母親促我答應，於是我應
承了。同時騰蛟再托表弟管順銘出力，照
顧勞力諸事[2]。

　　1941 年底，日軍攻陷香港，騰蛟消
息全無。從那時起，騰蛟雙親的經濟與勞
力由我與管順銘分任，直至二老升天安
葬，完成我對騰蛟的諾言。

　　1945 年抗戰勝利以後，騰蛟突然來
訪。久別忽聚，有說不盡的歡樂，也有講
不完的苦情。那時她是北平某處的處長太

---

[2] 毛騰蛟女士於 1947 年前往台灣，對本書作者在
台之母親、長子與三女也十分照顧，尤其視本書
作者之三女如己出。參見第 120 頁圖照十八。

太，請我坐飛機上北平，當時坐飛機是件了不起的事。我在那裡逍遙自在地參觀名勝，玩了一個月才回家。

（1980/8/25）

# 祭騰蛟

恍惚傳來耳語聲，
隱覺遠友已辭身。
積得千言和萬語，
冀能如瀑一旦傾。
義義相交無終日，
悲念慈亡與故人。
飛箭繡針穿札心，
禿筆素紙遙寄靈。

劫 智

文藝篇

劫智

# 愛護眼睛（兒歌）

天上有星星，閃爍亮晶晶。
人們有眼睛，黑白都分明。
一旦眼睛不舒服，
兩手搓不停。

請個大夫查查看，
方知感染了細菌患眼病。
聽了醫生說，心中起恐慌。
醫生細解說，勿要急，不需忙，
耐心來醫治，不會傷目光。
平日注意常洗手，日常物品分開用。
建立個人好習慣，病菌不會來。

劫 智

# 金鉤鉤（兒歌——無錫音調）

金鉤鉤，銀鉤鉤，

啥人討回是個賊骨頭[1]。

往年鄉居避暑，夏日炎陽將下山的時刻，看一些五、六歲的孩子們洗過了澡，在屋傍蔭涼處納涼。當有誰把什麼東西給了另一人時，他們會伸出小手，用彎曲著的小指相互鉤著，口中齊唱這首好似立信的歌。

在紅毛浩劫「破四舊」的那年[2]，我回去鄉下，又聽到稚童們唱這歌，但是歌詞稍變，唱的是：

---

[1] 啥人，誰。賊骨頭，小偷。

[2] 指 1966 年開始的文化革命，參見第 4 頁〈劫智〉篇註一。

95

　　　　金鉤鉤，銀鉤鉤，

　　啥人討回，要鑽過我的鈕扣洞③。


　　　靈魂受傷過的人聽了有多感觸呀！
幾十年過去了，真似鑽過鈕扣洞般的夢一
場吧！

---

③　表示不可能或極為艱難的意思。

醫學篇

劫智

# 眼睛及其他

　　眼睛，在人們的身體上佔重要的地位。尤其人體對外界的一切事，它都有防衛與站崗的作用，所以要重視它，保護它。年輕的人不一定能體會它對自己刻不能少的服務。因為青年人的身體機能正在盛旺階段，但是年歲較大的人們，因為自然的過程，趨向衰退，就容易覺得眼睛的重要。常聽到人們說：「視力退了，要戴眼鏡了！」就是一個例子。

　　眼睛感到不舒服，如果因循拖延，不馬上就醫，常易引起嚴重的眼疾。現略舉幾種常見的眼疾與預兆于後。

　　**流淚**　淚水平常由眼睛的頰側眼角部的內側上淚管流出，清潔眼睛後再自然流向眼睛內角位的淚點，經過一條小管，

名鼻淚管，流向鼻腔。這是生理現象，自
己不會覺察；但若是有了外來的刺激，例
如灰塵或細砂等雜物吹入眼睛，或含有化
學成分的東西濺入眼睛所引起的流淚，應
當及時處理。

眼睛的角膜（眼珠前面的透明部份）
受到了輕微刺激而流淚，或是由眼睛內部
發生病症而引起流淚，此時不可大意，以
免日久角膜上留有或多或少的白翳與白
色的小斑。

眼淚囊口或淚管堵塞而流淚，若認為
小病而拖延日子，可以形成日後迎風流淚
的麻煩。

**眼睛癢**　常不自覺地用手揉眼皮，此
時應想到是否眼睛或眼瞼發炎，眼瞼的結
合膜若慢性發炎，會有癢覺或不舒適感。
此外，也常可能影響眼睛的神采。所以慢

性炎症，需耐性醫治。

**彩圈暈**　晚間眼睛不溼潤的情況下（例如眼睛不含有淚水）看望電燈，發覺在燈泡的四周有五顏六色的彩圈如暈，這是青光眼的警號，應作進一步的檢查，以冀早日醫治。

**白盲**　很少見。眼睛在白天看不清或看不見東西，在晚上的燈光下卻可辨別東西，甚至很清楚，此時需積極求因醫治。

**夜盲**　俗名「雞宿眼」。大家可能都很熟悉。若不伴有其他眼疾，可服維他命A、D。嚴重時務需注射藥劑，因為它可以導致失明。

**看物模糊**　若一時覺得模糊，經閉眼休息一會兒即消除，則不致發生什麼病變，最多需戴副眼鏡，幫助視力。但除了上面所說的情況，仍是看物不易清楚，可

能是有初期白內障或是糖尿病的後期症狀，或是其他眼病的初期，便需查病因。

閃光　自覺眼睛裡偶然有閃光掠過，這亮光可能在眼球內的上下方，亦可由各方位來，甚至在球的偏側邊緣。這時不可大意，但也不必太緊張與焦急。因為大都是在視網膜上有些病變，祇要隨即就醫。

黑點　眼前有黑點或小黑花點，有深有淡，在眼前飄動或浮盪在眼睛前面的上下及左右方。以上情況一瞬即逝，這大都是屬于老人的生理現象。如若黑點停滯在某一處或固定在某一點，用手去拭拂，仍是依舊，則須警惕。大部分是眼睛內部有疾病。

變形　望物，可覺到東西的直橫線彎曲，或是平面處有凹凸或折皺狀，也可覺

物件歪斜等怪狀。有時以一側的眼睛看物較他側的眼睛覺物較小，如若伴有些頭痛，以及視野縮小等情形，則可能因腦壓增高使然，這時需有其他專科相轉醫治。

**高血壓**　高血壓對眼睛也有影響。因為有好多人先在眼睛方面發現病患，而後才知道血壓偏高。所以有時眼睛患疾常可作為血壓高的信號而及早注意。

注意眼睛的保養。勿在強烈的燈光下看書過久。冬季不在溫暖的陽光直射下看書看報。夏天出外時最好有戴太陽眼鏡的習慣。床頭按燈勿緊靠頭部。平時注意攝生，對眼睛有間接的保健。

（寫于加州）

劫 智

作者小傳

劫 智

# 作者小傳

徐步洵女士（1913－1986），江蘇無錫人，畢業於上海南洋女子中學及同德醫學院，初修全科，後專眼科。1936 年與同邑金殿鵬先生結褵，育有二男五女。

女士於 1949 年前自設診所於上海，1949－1958 年間，先後任上海市第四人民醫院、公費醫療第一門診部、黃浦區聯合診所醫師。1959 年喪夫，退休家居。

女士之長男與三女於 1949 年隨外祖母遷居台灣。1966－1976 文化大革命期間，衝擊頻至，女士處變不驚，盡棄房產財物，務求不影響子女。1980 年移居美國加州，得與長子三女重聚，復規劃國內其他子女赴美，餘暇則寫作自遣，或署名徐篁。作品散見於美洲華文報刊，有被收

107

入華文教科書者。

　　女士淡泊謙遜，擅書法而唯以自娛（參見第 120 頁圖照十九）。樂於助人，而人亦善之。1986 年病逝，享壽七十三歲。

劫 智

（一）作者在上海同德
醫學院的畢業照
(1937 年 24 歲)

（二）作者的夫婿
金殿鵬先生

（三）作者之母親及三女金莉華
（1946 年 上海） 參見
〈媽媽的節日〉及〈悼念
媽媽逝世二十週年〉

111

(四)作者帶次子(金龍華)遊杭州(1949年 34歲)

(五)作者攝於上海自宅(1962年 49歲)

(六)作者偕長女(金新華)及次子(金龍華)攝於上海

(七)作者與次女(金文華)、么女(金子華)、四女(金君華)及

次子(金龍華)攝於上海復興公園(1968年正月 55歲)

113

劫智

(八)1976年初，作者長子（金榮華）自海外返滬探親，合
　　影於家中，時年63歲。

(九)作者與么女（金子華）合影於上海家中（1976年初63

　　歲）

(十)作者與長子(金榮華)、長女(金新華)合影於上
海家中（1976 年初　63 歲）

(十一)作者自上海取道香港赴美，與長子(金榮華)、三
女(金莉華)攝於香港啟德機場(1980 年 6 月　67 歲)
參見〈盼切〉

(十二)作者自上海取道香港赴美，與師弟馮泰山先生、侄
　　　女徐慧禮（右）、三女金莉華攝於香港啟德機（1980
　　　年 6 月 67 歲）　　參見〈新旅程〉

(十三)作者與四女（金君華）攝於美國加州（1980年秋
　　　67 歲）

(十四)作者與四女金君華（右）、么女金子華攝於美國
　　　加州（1984 年　71 歲）　參見〈祝頌四十春的今
　　　天！君華〉

(十五)作者遊舊金山時所攝（1985 年　72 歲）

劫智

(十六)作者二哥（徐步雲）及侄女（徐蓉珍）、侄子（徐慧
　　　龍）（1947年　無錫）　參見〈劫智〉及〈姑嫂侄
　　　兒情〉

（十七）作者至友毛騰蛟(玄義)女士　參見〈我的深知毛騰蛟〉

及〈祭騰蛟〉

（十八）作者至友毛騰蛟（玄義）女士與作者之三女（金
莉華）合攝於台灣台東（1975）

敦煌俗字索引

中遷交通史事論叢

（十八）作者為長子（金榮華）著作所題署之書名

(二十)抗日戰爭期間，作者於民國 30 年初（1941）在湖南衡
陽以「金倬」之名所購之「建國儲蓄券」。此券國民
政府於抗戰勝利及還都台北後皆未償還。　參見〈劫
智〉

—

國家圖書館出版品預行編目

劫智：文革時期上海市民的故事及其他 /

徐步洵著. -- 一版.——

臺北市 :秀威資訊科技, 2003[民 92]

　面 ；　公分. 參考書目：面

ISBN 978-957-28175-8-2(平裝)

855　　　　　　　　　　　　91021758

 語言文學類　PG0008

# 劫智

作　　者 / 徐步洵
發 行 人 / 宋政坤
執行編輯 / 林秉慧
圖文排版 / 劉醇忠
封面設計 / 黃偉志
數位轉譯 / 徐真玉　沈裕閔
圖書銷售 / 林怡君
法律顧問 / 毛國樑　律師
出版印製 / 秀威資訊科技股份有限公司
　　　　　台北市內湖區瑞光路 583 巷 25 號 1 樓
　　　　　電話：02-2657-9211　　　　傳真：02-2657-9106
　　　　　E-mail：service@showwe.com.tw
經 銷 商 / 紅螞蟻圖書有限公司
　　　　　台北市內湖區舊宗路二段 121 巷 28、32 號 4 樓
　　　　　電話：02-2795-3656　　　　傳真：02-2795-4100
　　　　　http://www.e-redant.com

2003 年 6 月 BOD 一版
定價：130 元

# 讀　者　回　函　卡

感謝您購買本書，為提升服務品質，煩請填寫以下問卷，收到您的寶貴意見後，我們會仔細收藏記錄並回贈紀念品，謝謝！

1. 您購買的書名：＿＿＿＿＿＿＿＿＿＿＿＿＿＿＿＿＿＿

2. 您從何得知本書的消息？

　　□網路書店　　□部落格　□資料庫搜尋　□書訊　□電子報　□書店

　　□平面媒體　□ 朋友推薦　□網站推薦 □其他＿＿＿＿＿＿

3. 您對本書的評價：(請填代號　1.非常滿意 2.滿意 3.尚可 4.再改進)

　　封面設計＿＿＿　版面編排＿＿＿　內容＿＿＿　文/譯筆＿＿＿　價格＿＿＿

4. 讀完書後您覺得：

　　□很有收獲　□有收獲　□收獲不多　□沒收獲

5. 您會推薦本書給朋友嗎？

　　□會　□不會，為什麼？＿＿＿＿＿＿＿＿＿＿＿＿＿＿＿＿

6. 其他寶貴的意見：＿＿＿＿＿＿＿＿＿＿＿＿＿＿＿＿＿＿

　　＿＿＿＿＿＿＿＿＿＿＿＿＿＿＿＿＿＿＿＿＿＿＿＿＿＿＿

　　＿＿＿＿＿＿＿＿＿＿＿＿＿＿＿＿＿＿＿＿＿＿＿＿＿＿＿

　　＿＿＿＿＿＿＿＿＿＿＿＿＿＿＿＿＿＿＿＿＿＿＿＿＿＿＿


## 讀者基本資料

姓名：＿＿＿＿＿＿＿＿＿＿　年齡：＿＿＿＿　性別：□女 □男

聯絡電話：＿＿＿＿＿＿＿＿　E-mail：＿＿＿＿＿＿＿＿＿＿

地址：＿＿＿＿＿＿＿＿＿＿＿＿＿＿＿＿＿＿＿＿＿＿＿＿＿

學歷：□高中(含)以下　　□高中　　□專科學校　　□大學

　　　□研究所(含)以上 □其他＿＿＿＿＿＿＿＿

職業：□製造業 □金融業 □資訊業 □軍警 □傳播業 □自由業

　　　□服務業 □公務員 □教職　□學生 □其他＿＿＿＿＿＿

To：114

台北市內湖區瑞光路 583 巷 25 號 1 樓

秀威資訊科技股份有限公司　　　收

寄件人姓名：

寄件人地址：□□□

------------------------------------------------

（請沿線對摺寄回,謝謝!）

### 秀威與 BOD

BOD（Books On Demand）是數位出版的大趨勢，秀威資訊率先運用 POD 數位印刷設備來生產書籍，並提供作者全程數位出版服務，致使書籍產銷零庫存，知識傳承不絕版，目前已開闢以下書系：

一、BOD 學術著作—專業論述的閱讀延伸
二、BOD 個人著作—分享生命的心路歷程
三、BOD 旅遊著作—個人深度旅遊文學創作
四、BOD 大陸學者—大陸專業學者學術出版
五、POD 獨家經銷—數位產製的代發行書籍

BOD 秀威網路書店：www.showwe.com.tw
政府出版品網路書店：www.govbooks.com.tw

永不絕版的故事・自己寫・永不休止的音符・自己唱